U1004374

什么都不像

欧阳江河题

伍雪涯 || 著

北岳文艺出版社
BEIYUE LITERATURE & ART PUBLISHING HOUSE
· 太原 ·

图书在版编目（CIP）数据

什么都不像 / 伍雪涯著．—太原 ：北岳文艺出版社，2021.12
ISBN 978-7-5378-6506-7

Ⅰ．①什… Ⅱ．①伍… Ⅲ．①诗集－中国－当代
Ⅳ．①I227

中国版本图书馆CIP数据核字（2021）第276459号

什么都不像

伍雪涯 / 著

//

出品人
郭文礼

责任编辑
刘文飞

装帧设计
蒋浩

封面题字
欧阳江河

印装监制
郭勇

出版发行：山西出版传媒集团・北岳文艺出版社
地址：山西省太原市并州南路57号邮编：030012
电话：0351-5628696（发行部）0351-5628688（总编室）
传真：0351-5628680
经销商：新华书店
印刷装订：太原市长江孚来印刷制版有限公司

开本：787mm×1092mm 1/32
字数：77千字
印张：4
版次：2021年12月第1版
印次：2021年12月山西第1次印刷
书号：ISBN 978-7-5378-6506-7
定价：48元

本书版权为本社独家所有，未经本社同意不得转载、摘编或复印

“他比一般诗人更富于哲学性”

宗仁发

一个十一岁的孩子把诗写成这样，不能不让人感叹唏嘘。以往也曾看到过一些儿童写的诗，大多是以天真取胜，而伍雪涯相当特别，一出手就是一个小博尔赫斯。诗集的名字《什么都不像》先给读者打开诗的阅读空间，提示你这里的诗歌不是以闭环的方式去读的，而应该尽可能地调动你的想象力，让想象力自由驰骋，无边无际。波德莱尔说过：“想象力是真实的王后”，“没有它，一切能力无论多么坚实，多么敏锐，也等于乌有。”“由于想象力创造了世界，所以它统治这个世界。”

我们来看他的第一首诗《闪电》：

闪电无处不在

当它击在大海上时
海水会发出彩色的光芒
小鱼也懂得了美

闪电击在沙滩上
就画出了一个大坑

当闪电击在闪电上时
发出了很大的雷声
就是给上帝的启示

当闪电击在时间上时
时间就会倒流

闪电无处不在

闪电是人人熟知的，是人们熟视无睹的自然现象，可在伍雪涯的笔下，这闪电已被他重新发现，被他写得出神入化。当闪电击在大海上时，海水会发出彩色的光芒，这是可以想见的壮观场景。但诗人迅捷地把镜头对准了在大海里可以忽略不计的小鱼，以小鱼对这种惊天动地之美的感知来收束诗句，避免了可能由于开阔带来的某种空泛。这首诗最为令人称奇的句子是“当闪电击在闪电上时 / 发出很大的雷声 / 就是给上帝的启示”。让闪电击在闪电上，与博尔赫斯的人在死亡时“仿佛水消失在水中”一样奇妙，这样的“闪电”才属于诗的“闪电”。以至于后来诗人再让“闪电”击在时间之上时，读起来丝毫也不会有所诧异，而是相当地顺理成章。

在伍雪涯的短诗中出现频次最高的词无疑是“时间”。“时间”在诗歌中能意味的东西的确是非常复杂的，涉及宇宙的时间与地球的时间、上帝的时间与子民的时间、真实的时间与虚假的时间等等，不一而足。然而又有谁能将时间的哲学蕴涵说清道明呢？博尔赫斯曾引用圣·奥古斯丁的话回答关于时间之问：“时间是什么呢？如果别人没问我这个问题的时候，我是知道答案的。不过，如果有人问我时间是什么的话，这时我就不知道了。”当然，这里的所谓不知道，应属于陶渊明式的“此中有真意，欲辨已忘言”之类吧。或许有人对一个如此年龄的诗人就开始思索“时间”这样深奥的问题会不大理解，这使我想起孔子出游时，遇到两个小孩辩论太阳是早上大还是中午大的故事，两个孩子各有理由的辩论，孔子也不能裁定谁对谁错。这样看来，诗人思考问题的范围与多大年龄似无什么关系。

近些年由于诗歌的写作出现了严重的同质化现象，诗歌界往往会用辨识度的高低作为衡量一个诗人的重要指标。对于一个十一岁的诗人，除了年龄的特征之外，还是会在文本中显露出一些更接近诗歌内部的肌理。就伍雪涯而言，在他的文字中，我们是能够获取这个二〇二〇年出生的诗人的一些信息密码的。从“一块被黑暗覆没的火焰/这是太阳神的宠物”、“海里有一个人/他就是波塞冬”这样的诗句中，我们知道他了解古希腊神话，甚至从“奥丁在混沌初开/他高大威猛/他管理九个国度”这样的描述中看得出他还知晓北欧神话，不过就一个少年来说，他的这些知识并非来源于纸质发黄的印刷物，而是来源于母本不断被改编的动画片。他对神秘的魔法师充满好奇，同时也会关注尖端无比的量子纠缠；他对顾城这样的童话般的朦胧诗人有所迷恋，同时也会受到海子《春天，十个海子》中的那种汪洋恣肆启发。古今中外文化的圣殿与诗歌的宝库都不断地以各种不同的方式向十一岁的诗人敞开，汲取的多寡与转化的优劣则在于他们自身的造化。

这部诗集中除六十多首短诗之外，还收入了两首长诗。在这两首长诗中，那些在短诗中隐匿的故乡与地理隆重出场了，不过这些元素的露面仍是摒弃掉了地域化的强调。或者说，这两首长诗中山河与村落的显现更像是因为定位的坐标需要。当然，这里最为魔幻的情形是那些仿佛说明时间停滞的迹象，到了后来则与那些走在时间前面的文明并未能区别开来。“世界的开始 / 和世界的末日 / 是那么的和谐（《破碎的沉思的》）”。《破碎的沉思》中无论是诗人的出生地甲乙村，还是外婆家的罗平村，包括写到的民宿夹缝岩，写这些处所的时候，不断涌入“黑洞”“中子”“爱因斯坦”“纳米”等元素，全球化浪潮不以人的意志为转移地席卷着原始部落，转瞬间也只能以不变应万变了。而在《山海经》中以“南方在哪里”之问开篇，接下来问到刑天，问到轩辕，问到了动物与人，还问到了善恶及欲望。诗人已从屈原的《天问》中借来锦囊，在对天地万物的追问中，一步步走向自己的心灵纠结之处，走向这个世界种种困惑的核心地带。但愿这种叩问能够在沧海横流、山川巨变的演进中泛起哪怕是一丝丝不易觉察的涟漪。

戈蒂耶在谈到波德莱尔的写作时，认为“波德莱尔具有精微、复杂、擅长推理和诡论的气质，即：他比一般诗人更富于哲学性”。不过戈蒂耶还发现了波德莱尔的另外一个秘密：“当波德莱尔沉浸于他的创作中时，不管是自觉抑或不自觉地，他也还是遗忘了他的体系和诡论。”诗人伍雪涯是不是也可以从戈蒂耶的这番话里领悟到一些创作的奥妙呢？

2021-12-16

目　录

辑一 | 短诗

辑二 | 长诗

辑一 | 短诗

宇宙的时间

宇宙一天天地长大，而我们居住的地球
也不断变老，火星还是被称为红色星球
如果能在火星上找到一点点生命
恐怕他就变成第二个地球
金星总是特别亮，可是我们在傍晚
却看不到他，因为他实在太远
离我们太远太远。月球是我们地球
唯一的卫星，它也在慢慢地转着
时间啊，请你不要再渐渐过去
过去。我们将会重新回到属于我们的时间

2018-11-03

时间和上帝

时间和上帝他们是一对好朋友
而上帝在管理着时间
时间不让上帝变老
而时间让天下的人们慢慢变老
天下的皇帝慢慢地死去
而天下的臣民有的长寿
有的悲哀，还有的甚至很快死去
而婴儿她才刚生下来
而上帝呢，他虽然在管理着时间
可是，时间对他有点不好的坏处
那就是，让他一天天反省
他的坏处和他的好处。

2018-11-04

大自然

风在触摸着我们，她是大自然的手
火山在喷发着，他在惩罚
整个岛屿的人们，他就是
大自然的惩罚者

太阳光就是我们的生命
她是我们的生命，她给我们
带来了幸福，她给我们带来了
温暖，她就是我们的生命之舞

2018-11-20

闪电

闪电无处不在

当它击在大海上时
海水会发出彩色的光芒
小鱼也懂得了美

闪电击在沙滩上
就画出了一个大坑

当闪电击在闪电上时
发出了很大的雷声
就是给上帝的启示

当闪电击在时间上时
时间就会倒流

闪电无处不在

2018-11-30

时间

虚假的时间在阳光里
真实的时间在人们的心中

虚假的时间在上帝皇宫里
温暖的叮咛是真实的时间

真实的时间给我们带来了温暖
虚假的时间给我们带来了灾难

什么是真实的时间
什么是虚假的时间

2018-12-1

天空之城

我们有的人认为
天空之城存在
有的人认为
天空之城不存在

我们认为存在的人
就真去寻找

当找到时
那里有很多房子
中间部分有一座城堡
这是大发现，所以我们
才相信它存在

而那些不相信的人
一无所有

2018-12-06

鸟

有人认为鸟不应该存在
是上帝给了它生命

可有人认为鸟应该存在
因为它是自然动物

两者你不让我，我不让你
两者各去询问鸟

鸟说：先是上帝给了
我生命，我才是自然动物

上帝也很高兴
它创造了我

2018-12-07

树

农夫砍倒了一棵树
把它做成一辆手推车
它为农夫服务多年
再过了一些年
农夫把它拆散
做成了一把椅子
椅子一放就是好多年
农夫又把它拆碎
扔到了森林里

2018-12-08

地下之城

地下之城是一个
遥远的地方
那里有的人
有的可以分成两半
他们的国王的力量
可以控制
金木水火土
还可以控制天和地

2018-12-09

月亮

月亮像一把弯刀
给树带来末日
月亮像一个末日
末日飞着一只乌鸦
月亮像一只飞鸟
飞鸟打开一本书
月亮像一本书
书中带来了所有的数字
月亮像一个数字
数字给我们带来土地
月亮像一寸土地
土地生长出了弯刀

2018-12-11

河流

河流说我的生命在哪里
我说你的生命
在鱼儿的头脑里

河流说我的未来在哪里
我说你的未来
在一只神奇的魔镜里

2018-11-14

黑暗森林

黑暗森林里
是一片茫茫的雾

这片森林的主人
是两个怪物
大主人虎头狮身马尾
副主人是一只章鱼

他们两个不吃人肉
要想从森林里经过的人
要给他们唱几支歌

后来，他们听说人间很美
便找来了一个森林管家
照顾这片森林，他的名字
叫“无头骑士"

2018-12-16

图书馆

宇宙是一座图书馆
图书馆里有一些六角形
六角形里有很多的书
书里有一点知识
知识里有一点数字
数字里有很多房子
房子里有许多人
人里有一个小国王

2018-01-11

数字

数字倒映着一个小宇宙
宇宙里有一幅画

我要这幅画
上面有我的指纹

画里的太阳照着人
人在月亮上造了房子

这幅画不是归宇宙的
是归数字

2018-01-15

颜色

跌倒是灰色的
因为尘土打在身上

玩是蓝色的
因为蓝色带有欢乐

睡觉是彩色的
因为彩色可以做很多梦

2019-01-26

灰绿色的罐子

有一个灰绿色的罐子
它是我们的祖先打造的

这个罐子上有动物的花纹
有白鹿、黑虎、黄鼠
这些动物有回忆
这些回忆是美好的

这些回忆除了是动物
它也是祖先的

2019-01-27

什么都不像

我看到的书什么都不像
书来自东方
东方什么都不像
东方来自森林
森林什么都不像
除了天空

天空来自城市
城市什么都不像
城市来自门
门什么都不像

门里有个箱子
箱子什么都不像
箱子上有个三角形
三角形什么都不像
除了线条

2019-01-28

黑石头

它比黑夜还黑
在夜晚谁也看不见它

在月光下，月光洒在它身上
就会发出一道道银光

这个石头的歌声是白色
和绿色的

它的形状一会儿是兔子
一会儿是小鹿，一会儿是火焰鸟

它的黑来自战争
战争使它变得更黑

2019-01-29

顾城的画

顾城有一颗彩色的心
在人间
顾城有一幅画

他画了上帝画的
上帝在冰天雪地里
还是欢笑

他把他画的上帝
挂在天空上

2019-01-30

镜子

有一面镜子，只要有人走进
这面镜子里，就可以看到
许多面镜子，这些镜子
有五彩缤纷的颜色
可我却孤独地站在这里
没有找到这面镜子
这是因为这是幻象
是幻象

2019-01-31

抽象

人，不像人
风不像，风
圆圈不是圆圈
这幅画
没有被见证过

这幅画被
藏在古老的
箱子里

有一个小火炉
他不是被放
在箱子里
而是放在
时间的外面

2019-02-01

线条

黑暗照着光明
橘子不知为什么腐烂
时间不知为什么会停流

光明照着黑暗
橘子不再腐烂
时间不再停流

2019-02-02

梦

梦像一条河流
它流在我的心里
像一道爱

梦像蒲公英
带着我们飞翔
飞向远方

梦，它的味道是甜的
甜得像月光
甜得像翅膀

它从声音的罐里来
它的形状像圆形，又有点方
像猫的眼睛

2019-02-06

红色

时间在流
人在战争
时间流亡
人在战死

房子沉默
大树枯死
房子打破
世界同破

2019-02-10

爆竹

火神在黑夜里
说着阳光的话

火神在阳光下
说着黑夜的话

一个玻璃破裂
一个瓶子破裂

一个塑料罐
却没有破裂

2019-02-13

蓝火焰

一盏灯在山上
不是白色的，也不是黑色
他是灰色的

人不存在世界
世界不存在人

波浪不在大海里，而在陆地
他不叫海浪，有时
看不到他自己
他又看到他自己

在蓝色的火焰里
一盏灰色的灯
他通向时间的道路

2019-02-17

灯

一团火飞向世界
它变成了大地上的山和水

有一个柱子
它撑着世界
世界多大
柱子也多大

我抓住了光
我把它放在了书里
永远放在里面

2019-02-23

伞

书是世界的道路
书被时间抹去
书不再存在

有一个传说
石头有心有肉
这里也是时间的石头
这个传说不见了

一个大海里有一匹巨大无比的马
这个大海里没有鱼
海里有一个人
他就是波塞冬

2019-02-24

黑色

一场大雪
覆盖时间
圆盘流下的泪水抹去大雪

蓝色的草原
在鸟的歌声中

岩石在森林游荡
河水可以找到岩石

2019-03-01

飞的踪迹

铁走在森林里
声音在呼喊它
它们消失在森林里

倒映的世界中
法玛在吉姆列
那是另一个国度

奥丁在混沌初开
他高大威猛
他管理九个国度

2019-03-02

一首绿色的云

柳条在吹动万物
它的黄金很多
吹动得很快

春天到来了
万物开始减少
柳条也开始忙碌

一只神兽走了过来
它在阿斯加德诞生

好像一首绿色的云
从时间身边飞过

2019-03-21

飞鸟与数字

屋子里有一些动静
那时数字与文字

那屋子由许多
文字与数字组成

屋子里出现一块冰
它可能是上帝的作品

永远不会融化
那块冰是一只飞鸟

2019-04-13

手上迷宫

浓雾中，我碰到
一个立方体
它是一个迷宫

我把它捧在手上
突然，一个星球出现
在它的中央
浮现许多黑洞

星球一旦衰落
就是它的节日

然而，它可以从
另外一个白洞
被梦的虫洞
穿越到另一个故事

2019-04-14

月亮是宇宙的一片落叶

伊格德拉修树
作为宇宙本身
光从树上闯荡
所以时间不断更新
空间不断地衰老

巴尔德，这光明之神
他又和善又温柔
让奥丁打开黑暗之门
放出一匹飞快的马

尼德霍格
它是毁灭之王
不断啃咬伊格德拉修树
树干摇晃，落叶纷飞
月亮成了宇宙的一片落叶

落叶的声音穿过马背
如同手风琴的回忆
在回忆中巴尔德与奥丁

反复创造月亮——

这宇宙最初的落叶

2019-05-12

柱子

光之火
在裂缝里展现光芒
无限的力量
在阻挡

2019-05-12

风暴

风暴，让世界平静
让宇宙开阔

一场风暴是人间的所有寿命
没人可阻挡

人们成了风暴的仆人
风暴光荣无比

风暴的灵魂
是来自灵魂宝石

2019-05-23

儿童节

儿童节是
一群妖怪和恶魔
像一个巨人

上面是一片大海
下面是广阔的蓝天
中间，是一片窟窿

在巨人的心里
飘荡十个儿童节
蹦跳于一支笔上
写下十个儿童节

儿童节一百年前出生
比父母还大，还老

2019-05-31

雨

一块被黑暗覆没的火焰
这是太阳神的宠物

2019-06-08

拖把之歌

世界里世界
无人理解
拖把更不理解
可是
世界里世界的理解

拖把
骑着未来飞
未来被拖把歌唱
无法无天

2019-06-13

宇宙尽头的餐饮

宇宙的尽头
跳着一个无边无际的餐饮
这个餐饮是虚假
又真实
因为没有去过

“不要惊慌”
宇宙的尽头总是这么写
而餐饮是一些动物上菜
它们射杀自己

所以宇宙永远都是对的

2019-06-17

没有雨的时光

一个只有阳光的下午
我们悲惨如
铅笔飞快地把刀削着

一个只有雨的冬天
是气球高飞
是沙子生长
是历史的舞台休眠的时候

2019-06-23

渔歌子

西塞山前
白鹭飞在诗歌的山里
落入湖里的桃花
和水中的渔歌
互相作为镜像

青山的箬笠
和绿色的蓑衣
那是树神吗？还是我？
龙王下着细雨，风神
吹着斜风，就算这样
我也不打算归去

2019-12-11

曾经

我曾经与诗歌度过下午
可不知怎么让雪花飘落
我等了很久，雪花才飘浮在空中
第一片雪花照耀出我的另一面

2020-01-20

树

有一棵树，断下了
理想的枝条
却长出了想象的果实

男孩把很大的小瓶子
放在树下

2020-02-13

男孩在一棵树上

男孩在一棵树上
唱着量子力学的歌

阳光成为白昼和黑暗
而玫瑰却在追击时间

2020-02-15

镜中鸟

镜子中的鸟儿
从灵魂中的梦里醒来
不再忧伤

它向远方望去
看见无数的命运
在等着它，像四朵花儿

2020-02-17

火炉上的玩具车

火炉上的玩具车
驾驶它的人是一个
没有缺陷的数字
没有人知道这个数字是几
包括数字自己
因为它被分成了两半

2020-02-22

红色火柴和黑色火柴

风刮过田野
黑色火柴点燃松树的思想
红色火柴刮下了数字的眉毛
却化为了灰烬

一条可以吞下象的蛇
被用红色火柴做成的火龙养大
蛇是故事中的故事
而龙是传说中的文字

2020-02-23

虹色时光

曾经的所有
将会从头再来
曾经的传奇将一无所有
羊长山下的头颅

改变不了命运
注定一生的废物
也无法站起来
他将无法抹去内心的恐惧

2020-03-10

电

那闪过时空的电
徘徊在游戏里
插在水里的花
被雷电慢慢地滋养
那满天的繁星
也被雷电闪过一丝丝光明

2020-09-10

黄昏

巨人的眼睛
闪烁着金色和红色的光芒
夜幕和黎明的到来
也是巨人的床铺
永恒的星空
在向时间招手

2020-09-30

海中明珠

海里的蓝幽灵
散发着幽神的光芒

庞大的身躯
是海中之王
海底神殿
也未被探索

2020-10-09

七八川

野兽在黑暗与光明中嚎叫
黑色的光明
是武器
一双双眼睛
是白色的
不再害怕

2020-10-16

光球

刺眼的透明玫瑰
化作一道光
飞向南北极
飘浮在水杯上的寒冰
长出了树
更多的透明玫瑰
在这里生根发芽

2020-11-02

钻石套与猪人

再见了猪人
你将消失
谢谢你对我们的陪伴

钻石套
你也不要自大
你将不再是最强的

2020-11-06

风雪焰火

那镶嵌着北极的明珠
刻画着历史上的物种
冰雪覆盖

寒冰的上面
生物在流浪
寒冰的下面
生物无家可归

2020-11-29

红黑蓝

山中寺庙
超越了现实，也超越时期时代
虚幻的思想里
吞噬现实
天上的风云
被独一无二的森林
所吞噬

2020-12-04

秘

无尽的恐惧
无尽的深渊
这个死亡是奢侈的世界
人们渴望死亡
那个神秘的地方
号称边境之地

2020-12-08

魔三角

排列有序的光明
被不平衡的时间
打破成了碎片

那一个个时间的空洞
把它释放了出来
没有人知道他是谁
只知道
他是碎片

2020-12-20

零

古老的推测
是死亡的祥兆
那个世界里
洛神
成为那个庞然大物
那震耳欲聋的声音
没有人见过

2021-01-05

大铁门

大铁门里
那一张张凶狠的面目下
泉水依旧滴答滴答地流着
墙壁上的山水画
每天都改变自己的模样
那一颗颗闪耀的宝石
在那用语言所表达不出来的气息触碰后
再也发不出那股光芒

2021-01-20

一盘棋

这个世界
像是一场游戏
又像是一盘棋
那一座座山峰
在流着那虚拟的泪
强大的物种将会灭绝
这，便是世间的规矩

2021-04-26

辑二 | 长诗

山海经

一

南方的那些山
蕴含着许多玉
和许多铁
丑羊山上的玄龟
是人们的传说
鸟身人首的神明
你在南方的哪里
让人们如此惧怕你
你是人类进步的阻碍
长右山上的长右
是人们的洪水
让他们落入洪水之中
在尧头山上
有许多玉石和黄金
威阴山上寸草不生
你的出现会让人们处于烈火中
颤溪山上的兽类
你们的肉
可以让人们不再有嫉妒心
扑勾山有茂盛的花草和树木

却没有水
也没有野兽
你犯过什么罪？

二

产生了地狱门
与永恒之火
深山中的天明树
燃烧着火
林地府邸被铁链拴住
当雪球穿过火时
会变成火球
黑暗中的绿色身影
在末地里
那大长脚
与天上的龙共舞
三个头的生物点燃了森林
无数的水与无数的杀手
刑天啊，你没了头
却还要战斗

为你守墓的三眼人
是人间的噩梦
你们为什么会让国家灭亡

三

你为什么是一只兽
为什么你全是黑色
轩辕国里的人
你们为何可以那么长
沃野里的人
你们为什么吃凤凰的蛋
驳是一个什么都像
又是一个什么都不像
是神还是兽
你们为何如此爱蛇
烛阴之神
你神通广大
为何要当钟山的山神
是生活在那里
手中拿镰刀的人

不是人不是神
神不会流血
但人会流血
宇宙的中心将会爆炸
下一个地球不知会不会灭
那个无边无际的气球
将会爆炸
不管在哪个世界?
人类终是地球的病根
只有人类别的动物互换
人类才会明白

四

在虚幻的世界里
人们可以得到自己想要的
被世界抛弃
是什么感觉?
为别人牺牲自己
那不值得
没有永远的人

人生像一场比赛
不是比谁活得长
而是比谁活得更精彩
那股力量
黑红的火焰
被盒子关着
所有的幸福
被限制在盒子里
那是人性
错误的东西
又是正确的
神不一定是对的
魔不一定是错的
古老又神秘的东西
你有那么可怕?
那是死神的钟声
是打扰安睡者的后果
一张张面孔下
不知是什么?
可能是善
也可能是恶
火中的世界
被踢的头颅
那是一场大战

让黄帝藏于地下
一道冲天的火光
撕裂了空间
打开了平行世界的大门
绿色的植物
杀死了许多少女
强者都拥有一个诅咒
每一代的强者
都将毁灭

五

世界上的第一朵花
早已死亡
那烟火永不熄灭
水上之火
被某种东西
困在同一个世界里
困在同一个人的心里
有许多的世界
无数的灰烬中

令人重逢
是万物的一根线
在暗影中的白色
太阳的觉醒
是地球的末日
寒冷的冰刺
穿过他的心
他不动
因为他早已无心
黑色的海浪
被火车带走
苍龙的喘息声被摔碎
当他在未来
也将被统治
不同的世界
不同的时间
却随着贪婪的人性
无尽地徘徊
是空间的错
还是时间的错
红色的车轮
被人收下
今天的贪婪
是以前的因果

也是一块石
贪婪，这是不可避免的
会越来越大
直至毁灭

六

我们的渺小
是后面的因果
当你桌上
有你想要的果子时
那轮回开始了
无数的轮回
只为钱和权
有钱和有权
就可以制造无边的荒凉
是邪恶的出生地
当世界归零
美丽的，恐怖的，坚硬的
都将成为一场梦
梦的主人是自己

幻境是梦
梦也是幻境
在文字中
可以操控心灵
黑暗将会燃烧
天晴的世界
将会被屠杀
无数的失败
会迷失自我
等你太久戴那虚伪的面具时
你也认不清自己
创造的尽头
是无尽的毁灭
人类的家国会变成土地
当内心的风景解除时
散发出的是野性
藏满了许久的怨念
人类发展时
也是人类的末日
但修罗重生之日
天神将会颤抖
每天我们与死神擦肩而过
那是死亡的低谷里
日下月光

幻境是梦

七

奔跑的愤怒
以自由离开之时
我们将会被囚禁
那可怕的清净
荒凉被悲哀的性格收藏
当时间被闪电劈着
将一场时空漏洞
也是时间的心灵的伤口
阴影是从小的孤独
众生的身影
将会死亡
那悲哀的命运
是悲伤的源泉
灵魂的诸神
埋下了种子
将永远的永生
欲望的锤子

被时间使用
被废弃的思想
将会回来
面具之下，不知是什么
红血的植物
被尘埃覆灭
那遥远的距离
却如此临近
文字的战争
是一堵墙
发光的柱子
是拿把钥匙
中间的裂缝
被王母西娘穿过
地球是生成
是破坏也是创造

八

在火中的寒冰
被黄昏带走

过路的人
被群星包围
大雾后
白昼中的黑夜
让太阳失去了光
咸鱼失去了梦想
被杀戮
血色的雪
让他看见了人的一生
黑色的青山
被黑洞吞噬
在徘徊
异类之中
是最大的赢家
十面埋伏
四面楚歌
也是刀光剑影
他一生的牵挂
长枪刺破
万箭齐发
火卷风的残甲
被水杀死
那卷起的小小风波
被暗杀

九

血色之河
在云霞之下被击破
青史之下
早已埋伏
可怕的剑
被黑色的暗物质围攻
手拿黄金的恶魔
在贪婪之中消失
黑夜被吃
亡灵的风骨
黑色的力量
有时死亡
长长的思念
锁住了人
让人无法进步
黎明前的黑暗
是死亡的引路人
狂妄的人
是狂妄的制造者
也是自我毁灭者

血淋淋的雕像
早被破坏
致命的手雷
早已成为其他人的食物
当来时的火烈鸟
也是地球的重生之时
武术和科技
是路边的理发师
可怜的伊甸苹果被毁灭
一只猛虎在海中飞
那发麻的手
一直飞奔着
却遥不可及
海上起风了
在傍晚
一位陌生人
对火的敏感
火又不是他的对手
蚩尤的命早已死亡
却封在了山上
山上的夕阳
是世间的美丑
是世界的善恶
没有人说得清

当最后的晚餐结束
是重启
还是要毁灭

十

所有的生灵
都将归零于那道光
在愤怒与悲伤之间
是十二月的荷花
宇宙中的星球
被锻造成火种
原是玫瑰
原是世界
原是万物
美好的童话
是残酷的现实
森林中的野兽
被夺去生命
自由是一种奢侈
当创世神

死亡之时
可怕的东西会增多
是创造的身影
一只鸡飞过
划伤了时间
出现了曼德拉效应
它已变异
当孤独的星球重启
金色的派对
被星星叫嚣
宇宙之外
是一片虚无
也是被重置的地方
记忆被删除被贩卖
是要被批判的
当落叶纷飞
霜降下来
必有英雄
他来到了故乡
那自由的思想在中间迂回
当爬行者爆炸
那么时空将会受伤
一个物件
来到了所有东西的尽头

是虚无
幽冥的森林
在水库中绽放
鞋上的布匠
和影子赛跑
被时间抓捕
时间白发苍苍
心中早已住下了别人
有辆车停在时间之外
红色的果子
被恶魔赋予了力量
是它的本身
也是它本身的味道
但都是幻想
他活在自己的想象里
但他也过得并不好
早已没有了生命的意义
一朵黑玫瑰
刺伤了他
他没有了身体
也没有未来了
坟墓的一角
是玫瑰花
侧面是树

这里是虚空的藏地

十一

一个发狂的卫道士
被末影人干掉
控制世界的魔方
在末影之诗中
它代表了力量
也代表了完结
那一切的中心
是自我的内心
当开采开始的时候
是贪婪的心
可以扔掉一切
最后的结局
是存在的
但我们却无法知道
句子中的奥秘
我们永远不知道
熵增定律

是永恒不变的
我们无法改变结局
但我们可以改变自我
一个无限的迷宫
把我们的思想困住
红色的刀片
冲进了末地
黑色的期盼
不再存在
多元的水晶
会永远重复一天
在破碎后
那后面揭露的是人性
人性比一切都更可怕
蓝色闪电
火焰之后
是一个苹果
它被拿走
让所有生物都进化
但没有改变任何结局
枯萎的树木
是物体的生命
也是生死门
无数倍地放大

任何东西
红色裂纹的人
是那位堕落天使
是仇恨的化身
一切都改变不了
在心目中
有了它

可以获得无限的力量
黑暗是强大的
但也是贪婪的
无边无际的锦旗
催眠的精神力
最后的最后
是熵增定律

十二

观察者的眼中
是无限的可能
任何一个世界都可以改变

但他只能思考
他在讲故事
那是真的
也是假的
没有人知道他经历了什么
他生活在虚空之中
它代表着终结
也代表着开始
他走过的地方
会毁灭
也会创造
那些虚假的
他看见了
但他无法阻止
他是善良的
在其他人心里
他是邪恶的
他是熵增定律的化身
它所过之处
必将衰亡

2020-01—2020-09 于广西钦州

破碎的沉思

一、甲乙村

破碎的沉思
是那碎片的倒影
倒影中，我看见了
杏花的交谈和原始
森林的愤怒

“来吧！”“来吧！”这里有
一个思想，他可以回答你的
问题。村子里的星云
对路人说：
“他是诗歌中的太阳吧，但
我要找的是诗歌中的黑洞。”

渔网上的水珠偷去了
我们童年的记忆
在油菜花的田中，碎片成了
暗物质
也成了黑洞

力量在撕扯着时间

我在雨中迷失了方向
雨点对我说：“你真愚蠢。”
我回答：“是的。”
一个男人看见一个橙子
落在时空的身上，修复了它
而这也是它最后的晚餐
因为树枝的灵魂走了

镜子里有我梦中的古老房屋
和小路
茶园里，有采茶人在采摘空间
时间在与针线战斗
小溪里有无限的有限和
可能中的不可能
这是死亡黑洞

石头从水里流下来
是天空上的火橙子

午睡过后，影子开始忙碌
这是宇宙最初的信仰
花朵在时间之上
因为花朵在时间之上
因为花朵主宰着木之灵

猫看见了红色的蜂
穿上了毛衣
那是梨花泪水
也是石器时代的猛犸象
世界，是我的头号敌人
那是海洋，大地，生物的变化

数字世界，有无数个虚拟世界
那是一个完美的世界
放弃自己吧，投入这里
你，可以起死回生
宇宙，是一个巨大的餐馆
行星的相撞
大地的怒火
梦中的梦是神的心愿
一芽一叶是书的传说
长长的竹子里有那
美丽的思想
“啊啊啊”“啊啊啊”
是谁，是谁
是睡梦吧？
是花朵吗？
是星座吗？
是黑色吗？

你说：“这是梦，是梦。”
和松树的对话
太阳发出的声音
是那丑陋的斧子
世界的开始
和世界的末日
是那么和谐

这个世界是游戏还是学习
是现实还是虚拟
这也是用一根空气绳
连接着
一个无限里的有限的
盆子，装满了宇宙的眼泪
这个盆子，也许是一个红泪
也许是蓝泪
他战胜了墨点
也战胜了空气

二、夹缝岩

水流过石头
这是无名之水
这碑，有无数的回忆
也许惊动了山神
在那白色的玻璃栈道
人们带无
人们是无
无也是人们

这是蜂蜜的
非爱因斯坦思想
野兔手里，有一把森林的
钥匙
大树，在唱和谐之歌
小路上，有风
我看见风正在吹
绿色的口哨
马，和松果正在谈
世界之巅
你踏过一条小溪

这里，有红色，黄色
紫色，棕色的水
在一线天之间
有一座古庙
庙里有一块石碑
石碑上有许多思故
那天边的松树
结下了一丝无故

溪水给石头留下了
一个纪念
树与树之间，有多少的
思想
在一滴松脂下
射出了原子核与量子核的
天差地别

在这被烟灰覆盖的
小雨里
大风，吃下这美丽的圣洁
而又高明的苹果
门的后面
藏着一个球
在这球里

藏着一个数字世界
在这个数学世界里
藏着一个数字
藏着一把刀
小溪里，有一座房子
那是三面人
与山神的房子
一个个梦想破碎
一个个煤炭掉落
一个点，一个饼干，一个球
一个太阳，一个星系
一个宇宙
灰，如雨一般落下
这是龙。月球
一个疯人院里
每一个疯子
都是一个故事
树叶落下
被千万急流打去

松树有无数的形态
那是无数的时间
和空间
也是无数的多维空间

和多维时间
每个院落里有五
六个虚无，和
几个金黄的光线
一片片叶子被丢弃
一对对爱情被放下
世间一切的一切
都是为了金钱和爱情
从狗到狼从人到树
从星到星系从银河系
到宇宙
一个红点落下
石巨人在呼唤
那是一丝丝的虎啸叫
深山诡笑一片片落下
如烈火一样
夜晚很多个黑影
在说话

三、苗翁——罗平

在这里的商店里
可以买到时间
和空间生命
学校里有一个
着火的火坛
有很多的红蓝火
法厄同驾驶太阳神车
飞到了太阳和水星之间
他看见了贝罗巴岛
马儿和他，在无数的想象
和几个理由里倒下
十二主神的舞会
种下了一株杨树
“金苗请回答我
世界的开始和终结吧。”
两个不存在的蜘蛛
网起房子
第九个时间内，没有人知道
两个人撞到了一起
神对我说：“去吧

虚空之门快打开了
快去。”

大路深下了:
冲上来一个个冰马
雷电落下，雨刮下了
时间的皮肉
鸟儿从头顶飞过去了
动物们和养蜂人
进入了虚空之门
一根根烛
烧坏了时间的思想
在夜晚的繁星下
我和一个三角火分子
相识了
他们住在了分子的
时空裂缝中
正方形变成了五角形
五角形变成了时间

时间变成了空间
空间变成宇宙
洞洞被木头的
诅咒打破了

一枝枝白梅花开放了
那是一盏盏开了花的灯
在奇迹的战斗中
激战胜利了

在那水滴里
带着失传了的
记忆
阳光下树疯现了
一整天
中午，一团团的黑色
一团团碎了
日落外，石头里的
霞光正在
和原子尖的
粒子谈话
一匹马飞奔
向了庙
鸡飞上了平面
“小草们，我将
离开了，但我希望
我们可以在时间里重圆。”
狗尾草的玻璃
在风中生长

时间，被空间
巨人的大剑卡住了
点火棍的
触手，变成了
想抓住宇宙大帝
电磁洞里
有许多的摩斯
电码和恺撒移位
密码
天海里，在那无限的
文字里
有穿黄金的大虾
绿色血液的生物
宇宙的文字和大风大雨
弹球打破了
末日的片火
方块里的破碎石
正在沉思
我在人们的打骂中
生出了火愤
滴水的战斗
在蛇鼠之中
是世界末日
大风吹来

它把我残留的
记忆给卷走
一丝丝光芒透进来
那是希望吗?
不，世界早已抛弃了我
不再需要
守墓人们，在坟墓
边高歌
偷盗时间的怪盗
来到墓边
偷走了守墓人的
一些时间
它回到了湖中
把时间化成了
一杯红色的丸子
便把它们放进了
粒子通道
天空啊
在我记忆里
你，在采摘火魔的
苹果
或许这是记忆中的传说
或许这是真的
在玛雅文明

消失之前
奥尔梅克人们
在进攻
他们利用了
龙卷风
才胜利的
在无数的
超新星爆炸
中，中子星和
中子星相撞了
艾尔斯岩
你被宇宙的
球形闪电击中
“你在地上世界
沉睡了许久
或者你想回到
地下世界
但是我们没有
开启地下世界
之门的钥匙”
寒冰进入了
地下世界
在那里
它化为历史

永生草啊
你在那钢琴
声中，打开了
世界音乐之门
你在呼唤它
你戴上了面具
离开了
你在魔方上
找到了你
原来的灵魂
那静止的欢乐
装在纸飞机上
你让纸飞机
向东方飞去
天上的星星
走开了
它们去到了一棵
树的世界
奔腾的烈火
在已沉睡许久的
冬日里
面向一个李子
在别的树下
种下了它的愿望

一道道闪电划过

安静使这个世界
安静了
是时间停止了吗
这是进入了时间
禁止区域
啊，开始了，我
看见了战争
也看见了新的生命
黑色的大门打开了
“进去吧”
进入大门
啊，金色的龙
你的眼睛
发出光芒
那是智慧的
光芒
或者是一个火砖
一张神秘面纱
“宇宙啊
你为什么还要
把金色的
火打开呢？”

羊皮卷上的文字
它们开始了
古老的神庙里
那尊佛像
他在注视着
你
黑暗与光明的
千年搏斗
那赤膊的烈火
牵着大地与天空
啊，一片火红
两块石头撞击
这是他们的语言
啊，我们被抛弃了

四、神话之火

在那金黄的圣殿里
无数的思想
关在里面
而那无数补丁

也飞来飞去

无数水花的香味
走来走去
每一滴水，是一个世界
黑色的雨水
打在绿色的烈火里

打开了那个满怀
怨恨，落下了
脚印走上山顶
看着那熔湖
熔岩在不停地旋转
打开了
一个站着木偶的
舞台出现了
火也出现了
漂流瓶来了
载着幸福与光明
在岁月的梦里
大海在光明里
生下了他们的孩子
发黄的纸页
记着随风飘沙

大树神
让叶子包着它
月光击神
烈火押上来
说：“神化之火
而伤口却不再合上。”
白色的大雾中
无数的白魂
在云中走动
雷山之中，一道道
雷电划过
火镜之中
出现了一丛草
而一滴滴墨水
滴下了
鬼戏飘来飘去
雪山上的雪融化了
牛皮纸上的字母
成为万物的
恐惧
那一次大战
那棵果树
开花
结下了黑色的白果子

春暖花开的冬日里
是一个低声
说话的人
云层上的小舟
在走来走去
放出了光
当水时空
这个世界
会变成海洋
宇宙的大地

一个影子
照在
不可能的身上
那是一个灯
太阳的大扫除
各个星球和
他战斗
闪着光的风
进入了白色的黑盒子
没有光的世界
成了黑色
一个光团
一个火蛛

一朵冰荷花
一朵火荷花
一池冰火
一个眼睛
“龙卷风啊”

信徒们说
彩色的沙子
一根着火的羽毛
从火池里
飘了出来
花瓶里
那长长的树
成了一个大包
在爱情树下
恶魔们渴望获得
爱情
不管黑暗多么漫长
我们最终
可以看见光明
装满时间的柜子
被破坏了
时间的主宰
把柜子修复了

但时间盗窃者
把时间偷走了
啊，金杯子
你有多少奴才
有多少金钱
多少名望

注：

甲乙村：诗人出生的故乡，位于贵州省独山县影山镇。
夹缝岩：诗人常去的一个诗歌主题民宿，位于贵州省独山县影山镇。
苗翁，罗平：两个村子名，罗平是诗人的外婆家，均位于贵州省独山县影山镇。